Horst Heine

Gedichte

Band II

Vorwort

Wer etwas schafft,
der braucht Kraft.
Sei es durch des Körpers Wille
oder des Geistes in der Stille.

Meckelfeld, den 12. Oktober 2018

Horst Heine

2. Auflage

Alle Rechte liegen beim Autor

Herstellung und Verlag:

BoD - Books on Demand, Norderstedt

ISBN 978-3-7481-3698-9

Inhalt

Gahre

Wir waren hier
im Mai 2004.
In diesem gediegenen Haus
gingen wir gerne ein und aus.

Wir waren zu Zweit
und immer bereit,
über die Wellen zu rasen
und den Dorsch zu jagen.

Hierin waren wir eins,
der Horst und der Karl – Heinz.
Und haben reichlich Witze gemacht,
wenn das Meer uns königlich bedacht.

Hatten wir aber kein Glück,
gingen wir eben aufs Land zurück.
Und waren gerne bereit,
die Umgebung an zu sehen von Spangereid.

Nun sagen wir Herrn Petter Gahre:
Bei Dir war es nun mal das Wahre!
Leider lassen wir Dich jetzt alleine,
der Heerssen und der Heine!

Denn herrlich waren sie,
die Tage bis Anfang Juni!
Und vielleicht kommen wieder mal,
Besucher aus dem Seevetal!

Hoffende Liebe

„Oh Du blonder Jüngling,
die Liebe ist ein heißes Ding!
Das verzehrende Feuer zu Dir
treibt den Schweiß auf die Stirne mir!

Wie Du nur Deine Frisur trägst
und die „Kippe" so locker hältst!"
Dabei schnippt sie das Fingerpaar
und zupft so nebenbei an ihrem Haar.

„Werden wir uns heute noch sehen?
Vielleicht an das ruhige Ufer gehen?"
Ihre Wünsche wandern hin zu dem Baum,
wo er ihr so oft erschien im Traum.

„Wirst Du mich dort endlich küssen
oder soll ich weiter für meine Sehnsucht büßen?"
Bei diesen Fragen wird ihr warm
und errötend denkt sie an ihren Schwarm.

„Ich jedenfalls werde Dich im Schlafe lieben,
bis ich zur Ekstase werde getrieben!
Oft genug und willenlos erregt sein,
denn nur Du allein bist mein!

Mein Jüngling, spürst Du es auch,
dieses Kribbeln in Deinem Bauch?
Hoffentlich werden wir uns gleich in der Schule sehen
- doch dazu muß ich erst mal vom Bett aufstehen!"

Befriedigte Liebe

„Liebe mich,
so verwöhne ich Dich!"
Sie haucht es
und es klingt sehr keß.

„Hast Du mich auch ewig lieb?
Mehr als nur von Deinem Trieb?"
Dabei lächelt sie so geheimnisvoll,
ungemein sinnlich und liebestoll.

„Ich jedenfalls war stets für Dich bereit
und habe Dich geliebt zu jeder Zeit!"
Sie wollte ihn noch so viel fragen,
doch da überkam ihr das Verlangen.

„Würdest Du mich noch einmal nehmen
und mir Deine ganze Liebe geben?"
Unmißverständlich fordert sie ihn,
bis zur befreienden Erlösung hin.

„Meine Güte, was liebe ich Dich,
ich bin bei Dir einfach unersättlich!"
Ihr Schmachten erweckt seine Glieder
und schon beglückt er sie wieder.

„Schatz, ich danke Dir,
denn Du bringst den Frieden mir!"
Ihn aber erfreuen ihre leuchtenden Augen,
die wohl niemals zu einer Lüge taugen.

„Liebste sag, sehen wir uns bald wieder?"
„Aber warum denn nur, mein Lieber?"
Ihr plötzlich aufgekommener „Bock"
verursacht ihm einen ungläubigen Schock.

Erloschene Liebe

„Hast Du mir etwas zu sagen?"
„Ja, darf ich Dich etwas fragen?"

„Wenn ich es beantworten kann!"
„Schaltest Du mir den Fernseher an?"

„Krimi, Liebe oder Porno?"
„Nein, Vicco von Bülow!"

„Herrje, schon die dritte Wiederholung!"
„Für mich aber eine Genugtuung!"

„Ich „penne" lieber!"
„Na dann gute Nacht, mein Lieber!"

„Nacht! Schlafe wohl gleich ein!"
„Er kann ja ungemein lustig sein!"

„Und sehr vielseitig!"
„Stört es Dich denn nicht?"

„Bin doch Fernsehen im Bett schon gewohnt!"
„Na ja, werde hier drin auch nicht gerade belohnt!"

„Nun, dann viel Spaß mit ihm!"
„Wir sind ja schon lange nicht mehr intim!"

„Okay, ich werde von schwerelosen Blondinen träumen!"
„Und ich mit „Loriot" nichts versäumen!"

Die letzte Rose

Ist Dein Geburtstag im September
und die schöne Rosenzeit vorüber,
dann bist Du an diesem Tag zwar neu geboren,
doch durch das Träumen hast Du viel verloren.

Bist noch eiligst zum Wald gelaufen;
blindlings und ohne zu verschnaufen.
Binden wolltest Du doch mit fester Hand;
von der letzten Rose ein schmuckes Band.

Konntest sie aber nicht mehr finden;
im tiefen Dickicht unter den Linden.
Denn wer zu spät kommt im Leben,
dem wird niemals Freude gegeben.

Riesig wird Dein Gewinn
und fröhlich erst der Sinn,
wenn eine schnelle Tat lauter spricht,
als jedes melodisch geistige Gedicht.

Das eigene Ich

Hilfreich sei der Mensch,

    edel und gut!

So sagt es ein Dichter.

Ich aber möchte noch mehr dazu sagen,

sollte man Dich nach Deiner Verantwortung fragen:

Du stehst für Dein Leben ganz alleine da,

so wie Du es siehst und wie es wirklich war.

Lerne von den Schatten und schau dann ins Licht.

Glaub also an Dich; doch verliere Dich nicht!

Fernes Land

Klingt sie oft romantisch
und selten traurig --
jene herrliche Weise,
von einer fernen Reise.

Bin ich endlich da,
frag' ich mich: Ist das wahr?
Soll dieses das gelobte Land sein,
mit Lotusblüten und rotem Wein?

Wo unbarmherzig die Sonne brennt
und mir die Luft zum Atmen nimmt?
Oder bin ich seinetwegen weg gezogen?
Wäre es so, hätte ich nicht gelogen!

Mittlerweile sind Jahre darüber vergangen,
doch nun spüre ich das stechende Verlangen:
Dich wieder zu sehen von diesem fernen Strand
- Du mein geliebtes Heimatland - !

Rauschen

Entrückt werde ich den Wellen lauschen
und mich am Ufer der See damit berauschen.
Spülen sie doch vom Grunde nach oben,
sollen sie sich auch an diesem Gestade austoben.

Werden sie nicht nur Grüße sein von Dir,
sondern Küsse und Deine Liebe zu mir.
Jeder Schlag der wüsten Brandung
trifft tief mein Herz dann als Umarmung.

Deine Haare sollen flattern im Getose,
wie das Seegras oder die Anemone.
Träumend tanzt Du über dem Wasser;
in weißer Seide und das Gesicht viel blasser.

Daß ich zuletzt gesehen in der Stadt,
die uns Beide so glücklos hat gemacht.
Wie kleine Kieselsteine aneinander schlagen,
wirst Du dann von Ort zu Ort getragen.

Ich aber bleibe hier
und wünschte, Du wärst bei mir.
Schau Dir aber nach bei Deinem Flug,
der leichter als jeder Vogelzug.

Hocke ich am Strand dann ganz alleine,
träume versonnen vor mich hin und weine,
dann denke ich: Was habe ich von all dem Rauschen,
möchte ich doch viel lieber Deinen Worten lauschen.

Laub

Laub!
Wie verächtlich das klingt.
Als wäre es gewöhnlicher Staub,
der uns den Dreck nur bringt.

Knospe!
Du blühst auf im Frühling
und erscheinst uns im Sommer als Rose.
Im Herbst allerdings bist du ein häßlich Ding.

Blätterregen!
Fröhlich tänzelt ihr im Reigen
und segelt der Erde entgegen.
Sehe ich es, möchte ich weinen.

Laub!
Nun liegst du dort,
hilflos durch des Windes Raub
und dem Himmel so weit fort.

Nikolaustag

Lieber guter Nikolaus,
bitte lege in unser Haus,
ein gutes Büchlein
in den Schuh hinein!

Dann wünsche ich mir dazu,
gerade so wie Du;
nur Freude und kein Leid
und eine fröhliche Adventszeit!

Feierliche Choräle werden erklingen,
wenn wir sie singen.
Dann sind wir frohen Mutes,
weil wir wissen, Du bringst uns Gutes!

Der erste Schnee

Er fiel heute Nacht,
während ich noch schlummerte.
In seiner herrlich weißen Pracht
sah ich ihn, als es dämmerte.

Hinaus gehe ich und rutsche
und freue mich wie ein Kind,
wenn ich ihn als Eis dann lutsche;
im stürmisch frostigem Wind.

Es knirscht unter meinen Sohlen,
denn es schneit weiter sehr stark.
War doch dieses Geräusch fast verloren;
wobei ich es doch so gerne mag.

Nun bleib schön liegen
für die lieben Kinder.
Dann können ihre Schneebälle fliegen,
auch in diesem Winter.

Ich aber gehe nach oben
und schau den Flocken zu.
Sehe wie sie hin und her toben;
ohne Rast und ohne Ruh.

Ein Leben lang

Blonde Haare flatterten im Wind,
da ich Dich sah als Kind.
War ich Dir schon damals zugetan;
doch ich machte Dich nicht an.

Aus den Augen kamst Du mir,
als ich wegfuhr von Dir.
Soldat mußte ich doch sein
und Du warst Monate allein.

Kam ich zurück als ein Mann,
liebtest Du ihn. Und seit wann?
Der Kummer trieb mich fern
und nie leuchtete mir ein Stern.

Arbeitete nur noch und trank viel
und hatte nur noch ein Ziel:
Zurückkehren werde ich als Krösus
und hart sein, wenn es sein muß.

Ich werde weiter Dich umschwärmen
und mich an Deinem Antlitz erwärmen.
Im stillen Winkel an Dich denken:
Soll ich Ihr vielleicht was schenken?

Seinen Tod las ich in der Zeitung
und sie übernimmt die Leitung.
Ganz allein ist sie nun
und ich frage: „Kann ich was tun?"

Möchte Ihr doch endlich sagen:
„Ich liebe Dich seit ewigen Tagen!
Habe zwar keine Angst,
trotzdem ist mir bang'."

Denn wie stehe ich da,
wenn sie mich unverhohlen fragt:
„Hast Du mich jemals angesprochen?
Nein, Du hast Dich immer nur verkrochen!"

So bleibe ich mein Leben lang
unter diesem unmenschlichen Zwang,
der mich selbst als hoher Greis,
immer wieder in die Schranken weist.

Allein stehe ich nun vor ihrem Grab
und gedenke, wen ich verloren hab':
Nicht nur Ihre flatternden blonden Haare,
nein, auch die etlichen verliebten Jahre.

Warten auf Frauchen

Mensch, hiermit tue ich es dir kund,
bei meiner Ehr' und bestem Glauben:
Ich bin ein gut erzogener braver Hund
und verdiene somit auch Vertrauen.

Ich liebe jeglichen Sport
und belle ganz selten:" Wau!"
Gehorche sogar aufs Wort;
selbst bei Herrchens Frau.

Gehen wir zum „Lotto abgeben"
und sie spricht:" Mach schön Sitz",
dann erlöscht bei mir das Leben;
denn ich bin ein reinrassiger Spitz.

Sie allerdings hat gut reden;
bin ich doch fest an der Leine.
Sogar, wenn der kalte Regen
prasselnd fällt auf Pflastersteine.

Am meisten graut es mir,
wenn sie jetzt Befehle erteilt:
„Gib' keinen Laut von dir!"
Dann bin ich mental so verkeilt.

Plötzlich aber höre ich ein Kratzen,
ganz in meiner Nähe.
Eine Katze ist es mit ihren Tatzen,
so weit ich das sehe.

„Wau! Was suchst du da am Haus
und störst dadurch meine Ruh'?"
„Miau, ich fange gleich eine Maus,
mache aber erst den Ausgang zu!"

„Schaffst du die bei diesem Wetter?
Wenn sie erst einmal rennt,
dann ist die nicht nur enorm clever,
sondern auch sehr intelligent!"

„Klar, die erwische ich bald im Keller
und genieße jeden saftigen Bissen.
Nasche von der Milch auf dem Teller
und werde auch sonst nichts vermissen!"

„Ich dachte, wir könnten quatschen!"
„Was? Hier draußen? Bist du jeck?"
„Vielleicht in der Pfütze planschen!"
„Sage mal! Und für welchen Zweck?"

„Schade, dann warte ich eben alleine,
bis Frauchen kommt aus dem Laden!
Habe dann wahrscheinlich Eisbeine,
bei der Heimfahrt in unserem Wagen!"

„Du bist schon ein komischer Kauz!
Und noch humorvoll bei dem Naß!
Ich bevorzuge aber mehr die Maus;
man hat mit ihr einfach mehr Spaß!"

„Ach Herrje, mein lieber Fritz,
nun fahren wir aber hurtig nach Haus!
Nicht mal einen braven Spitz
schickt man bei diesem Wetter hinaus!"

Advent, Advent

Advent, Advent,
ein Lichtlein brennt.
Wie beruhigend hat's damals geklungen,
als wir Kinder dies' gesungen.

Advent, Advent;
doch heute alles rennt.
Um den Kranz für Morgen,
den ersten Advent, zu besorgen.

Advent, Advent,
ob man das noch so kennt?
Sitzt du nämlich da ohne Kerzenlicht,
schaust du aus wie'n armer Wicht.

Advent, Advent,
es spielt das Kind ein Instrument.
Glockenklar die Mutter dazu singt,
Vater aber um richtige Töne ringt.

Advent, Advent!
Ehrfurchtsvoll man „seinen" Namen nennt.
Denn bald liegt „er" in der Krippe,
inmitten „seiner" heiligen Sippe.

Advent, Advent,
„er" seine Liebe uns schenkt.
Mit leuchtenden Augen
erfahren wir dann von „seinem" Glauben.

Auf den Weihnachtsmann warten

Das Kind vom Fenster ausschaut;
zum Schneemann,
den es gestern gebaut.

Die Mutter in der Küche backt;
die Plätzchen,
mit Sternchen gut bedacht.

Der Vater die Pfeife ansteckt;
gestopft mit bestem Tabak
und dabei an ruhige Tage denkt.

Der Herr im Himmel runzelt die Brauen;
über Menschen,
die immer noch böse drein schauen.

Der Weihnachtsmann aber mit dem Schlitten;
am heiligen Abend
kommt er zu Jedem geritten.

Er wird sie Alle beglücken,
ob Groß, ob Klein;
da er sie mit schönen Gaben wird bestücken.

Freudig singen sie dann ihre Lieder;
die Mutter, der Vater und das Kind:
Es geschehe alle Jahre wieder!

War ich auch immer artig?

Weihnachten steht vor der Tür
und was wünsche ich mir?
Etwas mechanisches mit Steuer,
oder digitales, doch nicht zu teuer?

Horche mal hier und diskutiere da,
damit man mich nicht noch vergißt in diesem Jahr.
Hastig schreibe ich alles auf Büttenpapier,
so daß ich meine Gedanken nicht verlier'.

Eine innere Stimme fragt mich dann:
„Bist Du dafür nicht schon zu alt, Mann?"
„Ach, ich bin doch immer noch neugierig!"
„Quatsch, Du bist einfach nur gierig!"

„Ich freue mich aber auf die Geschenke!"
„Das glaub' ich Dir, aber bedenke:
Warst Du denn auch immer artig;
den Kindern zuliebe und der Frau gefällig?"

„Nein, ich war unwirsch und ungehorsam,
habe geflucht und war oft in Gram!
Vergaß deren heimliche Tränen
und ihr die Sorgen abzunehmen!"

Daraufhin die Stimme zu mir spricht mit ganzer Macht:
„Gehe hin zur Messe in der heiligen Nacht,
denn dort wird Deine verdorbene Seele
den Frieden finden durch „seine" wundersame Lehre!"

Ein Wahnsinnsgeschenk

Heiligabend mußte ich in die Kirche gehen,
da die Mutter während meiner Abwesenheit
den Tannenbaum verhalf zu neuem Leben;
mit Lametta und Kerzenschein.

Ewig dauerte die Christusgeschichte;
doch zu Hause mußte ich ebenfalls warten;
bis ich meine zwei Gedichte
vor ihren Augen konnte starten.

Doch dann wurde ich belohnt,
mit einer elektrischen Eisenbahn
und einem Stellwerk, in dem der Wärter wohnt.
Ehrlich, es war für mich der reinste Wahn.

In meinem Zimmer verlief die Strecke
entlang dem Schrank und unter dem Bett.
Unsichtbar durch mehrere Verstecke
und teilweise auf einem ausgedienten Brett.

Viel zu schnell brach die Nacht an
und ich mußte schlafen gehen.
Ob ich wohl die Augen schließen kann?
Aber bald darauf konnte ich im Traum meinen Zug sehen.

Im Morgengrauen ertönte ein Pfiff:
„Alles einsteigen und Türen schließen!"
Am Waggon umklammere ich den Griff,
verliere den Halt und liege auf den Schienen.

Ich werde wach und bin erschrocken.
War ich doch aus dem Bett geflogen;
habe dadurch die Lok zerbrochen
und die Gleise verbogen.

Später hat's die Mutter dann bemerkt;
mir die „Löffel" lang gezogen;
den „Hosenboden" gestärkt
und eine Schimpftirade gen Himmel gestoßen.

Weihnachten war's

Weihnachten war's,
als Schnee auf der Höhe lag.
Ich freute mich so sehr aufs Schlitten fahren
und mußte doch bald die Schelte ertragen.

Weil ich völlig durchnäßt war,
viel zu spät nach Hause kam
und mit weit geöffneter Jacke,
durch die eisige Dunkelheit raste.

Plagte mich dann der Husten in der Nacht;
meine Mutter hielt am Bett die Wacht.
Lief auch noch aus der Nase der Schnupfen,
mußte sie mit mir erst einmal ein „Hühnchen rupfen".

Mit hohem Fieber und schwerer Erkältung
gab es nämlich keine schnelle Genesung.
Sie aber gab ganz einfach das Beste;
bis zum heiligen Feste.

Mit Wadenwickel und Hustentee
versuchte sie alles, damit ich genese.
„Wann darf ich denn aufstehen, Mütterlein?"
„Mein Junge, erst einmal mußt Du gesund sein!"

Immer noch fiebrig und körperlich geschwächt,
hatte sich der Winter bitterlich an mir gerächt.
Zwar hatte ich bis zuletzt gebangt;
es hat aber dann doch noch gelangt.

Aufgeregt stand ich nun vor dem Baum
und hörte das pochende Herze kaum.
Dann sah der Weihnachtsmann den Lichterglanz,
meine Mutter und mich beim ersten Tanz.

Sehne mich zurück in diese alte Zeit;
doch leider ist sie mir jetzt so weit.
Vermissen tue ich es heute ganz klar,
wie damals Weihnachten bei uns war.

Das Weihnachtswetter

Was ist das bloß für ein Wetter
und keiner erscheint als Retter!

Das ist eben die Natur --
um diese Zeit logisch und pur!

Ja, schon richtig;
aber ist der Regen so wichtig?

Na hören Sie mal,
ohne ihn wäre alles nur eine Qual!

Aber es wäre dann immer schön,
ewig sonnig und herrlich grün!

Ich bitte Sie, wenn Sie verzeihen,
dann ist kein wachsen und gedeihen!

Leider, da haben Sie auch recht,
es wäre tatsächlich schlecht!

Dazu gäbe es nur eine Meinung
und keiner träfe eine Entscheidung!

Ich verstehe es nur zu gut;
man benötigt dazu viel Mut!

Sehen Sie, es lohnt sich eben nicht;
diskutieren über Schatten und Licht!

Weil es unumstößlich ist,
auch nicht mit Tücke und List!

Genau, es überrascht uns zum Fest
und bestimmt auch zum Jahresrest!

Das soll mir wirklich egal sein,
denn Weihnachten wird' s fein!

Jedenfalls, ob Schnee oder Regen,
Gott gibt uns dazu seinen Segen!

Der letzte Tag

Es ist der letzte Tag
in diesem Jahr,
der Silvester.
Ja, so heißt der.
Für die vergangene Zeit
bin ich zum Jammern nicht bereit.
Oftmals war ich sehr bewegt
und ab und zu sehr stark erregt.
Und doch;
ich falle in kein Loch.
Laß den Wein mir munden,
in diesen letzten Stunden.
Denke über vieles nach
und sage: Mensch mach!
Morgen fange ich damit an.
Natürlich nur, so weit ich kann.
Den Alltag neu bedenken,
um ihn positiv zu lenken.
Bin ich übermütig?
Nö! Nur glücklich!
Und zufrieden
ihr Lieben!
Tschüssi!
Küschi!

Beginn eines Jahres

Endete das alte Jahr für mich recht müde,
beginnt das Neue genau so trübe.
Kein Gesang mehr und kein Juchzen
und die Fröhlichkeit mußt du suchen.

Ein Blick aus dem Fenster;
meine Güte, was für ein Wetter.
Nur Graupel, Hagel und Schnee
und nichts zu sehen von der Sonne.

Kommt mir der Sinn nach fernen Gedanken,
gerät jeglicher Vorsatz ins Wanken.
‚Hau rein und sei nicht mehr trunken;
bist doch schon voll in dieses Jahr gesprungen!'

Genau, deswegen steh ich jetzt auf
und gebe dem Alltag seinen neuen Lauf.
Starre nicht mehr lustlos an die Wände;
noch kreuze ich verklemmt meine Hände.

Denn bleibe ich hier weiter sitzen,
sehe ich das Leben an mir vorüber flitzen.
Bringe also endlich Ordnung in mein Haus
und hol das Beste aus mir heraus.

‚Junge, läuft' s nicht so, wie du es magst,
bitte, sei doch nicht gleich verzagt!
Also pack es an, dieses neue Jahr,
dann wird auch für Dich das Glück wahr.'

An die Mutter

Ein Leben lang
war Dir um mein Wohl bang´!

Stets konntest Du mich lieben
und meine Sünden mir vergeben!

Dir wünschte ich Gesundheit
und immerwährende Ewigkeit!

Doch vergebens war mein Sinnen --
gingst Du doch viel zu früh von hinnen!

Zu Deinem Angedenken bin ich bereit --
wäret es selbst über jede Zeit!

Hoffnung

Politiker;
lerne von der Revolution
und bleibe kein Visionär
in Deiner Resolution!

Lehrer;
auch Du bist verpflichtet,
unseren Kindern gegenüber,
wenn Du sie unterrichtest!

Eltern;
haltet Euch bereit,
die Gedanken zu verbessern
auch zu jeder Zeit!

Kinder;
euch gilt unsere ganze Hoffnung,
jetzt und später
für aller Menschen Rettung!

Herzlichen Glückwunsch
zum Geburtstag!

Etwas grau und etwas kahl,
ach je, die Jugend war einmal.
Doch was nützt all das Gewimmer,
kommt es doch noch schlimmer.

Haare wachsen aus den Ohren,
der Geruchssinn geht verloren.
Dabei hast Du noch zu kämpfen,
um den Nasensaft zu dämpfen,
der sich an der Spitze sammelt
und als Tropfen `runter bammelt.

Flach und trüb liegt die Pupille,
trotz der scharf geschliffenen Brille.
Du bekommst Parodontose,
Deine Zähne werden lose.
Schmerzhaft wie sie einst gekommen,
werden sie Dir jetzt genommen.
Und das künstliche Gebiß
ist ab sofort ein Hindernis.

Stöhnen wir von Nierenschmerzen,
und mit dem starken Klopf am Herzen;
einem rumpelnden Magen wie ein kläffender Hund,
denn der ist auch keinesfalls gesund.
Unten wird die Bauchwand faltig,
der Urin schon zuckerhaltig
und der Popo, einst straff und rund,
leidet stark an Muskelschwund.
Und wenn Dir mal ein Wind entfleucht,
wird Dir gleich das Hemde feucht.

Des Mastdarms tolle Falten
können kaum den Stuhlgang halten.
Oftmals stören Deinen Frieden
walnußgroße Hämorrhoiden.
Die Wünschelrute als gekrümmter Schlauch,
hängt unter einem schlaffen Bauch.
Nur zum Pinkel lediglich,
dient der Schnippeldillerich
und ist an dieser Stelle
wirklich keine Freudenquelle.
Die holde Weiblichkeit wittert das Leid
und weiß natürlich sofort Bescheid.

Trotz alledem, alter Knabe,
bringe ich Dir diese gute Gabe:
Ich wünsche Dir im neuen Jahr,
Dein Urin sei wieder klar
und alle Glieder sollen sich straffen,
damit Du klettern kannst wie die Affen.
Außerdem sollst Du zum Playboy werden,
dazu viele Jahre hier auf Erden.
Schonungslos komme ich nun zum Schluß:
„Werde nicht sittsam, nur weil Du mußt!"

Das Vögelein

Komme ich am frühen Morgen
in mein Dachbodenzimmer,
höre ich ein kleines Gewimmer.

Habe ich gleich große Sorgen,
weil ich ja nicht weiß,
ob mich gleich jemand beißt!

Da sehe ich dich dort liegen,
verletzt und ängstlich;
doch ich pflege dich fürsorglich.

Fange dir alsbald eine Fliege,
weil ich an den Hunger gedacht
und sie dich satt macht.

Baue dir aus Stroh ein Bett
und lege dich hinein;
so sanft und herrlich fein.

Kommst du her von weiten Fernen
und hast dich verflogen?
Dann bist du hier gut aufgehoben.

Willst du aber wieder zu den Sternen?
So flieg´ mein liebes Vögelein
und bleibe frei, aber nicht allein!

Ein Abschnitt im Leben

Eine Frage an meine Lesergemeinde:
Warum ich ein Buch schrieb?
Nicht wegen der Feinde;
für meine Kinder, die ich doch so lieb!

Es sei an sie gerichtet
und als Mahnung für sie gedacht!
Denn es wird von der Jugend berichtet,
aus der man so schnell erwacht!

Kam ich selbst aus dem Nichts;
nur geschickt von der Mutter guter Stimmen
und hatte mich das Leben bös erwischt,
versuchte ich doch jenen Berg zu erklimmen!

Daß ich ihn doch nicht bezwang,
lag nicht an der lauen Brise,
sondern an dem Mißklang
meiner dauerhaft unabwendbaren Krise!

Der Stoßseufzer

Mit Erschrecken werde ich wach –
denn heute ist mein 30. Geburtstag!
Sehe ich im Spiegel meine Mimik,
fall´ ich dabei fast in Panik!

Himmel, mich verläßt mein Wille,
die erkennt man ja ohne Brille!
Keine Klammer kann die halten –
diese riesigen Falten!

Ach, war´n das noch Zeiten,
als man ohne Schminke konnt´ sich vorbereiten!
Wenn ich jetzt so intensiv zurück denk;
dann waren die vergangenen Jahre ein Geschenk:

Mit 1 Jahr lernte ich nämlich Mama sagen
und mit 2 stellte ich Papa die ersten Fragen!
Mit 3 lief ich ohne Strapse
und mit 4 erhielt ich die ersten Klapse!
Mit 5 begann meine Phase der Entdeckung
und mit 6 brachte mir die Schule die Entfremdung!
Mit 7 bekam ich die erste Sechs
und mit 8 dachte ich noch nicht an Sex!
Mit 9 dachte ich an einen Versuch,
doch erst mit 10 erfolgte durch meinen Freund der Durchbruch!

Noch mit 11 sang ich im Chor,
aber mit 12 stand ich nur noch vor dem Kirchentor!
Mit 13 bemerkte ich erstmals die Hormone
und mit 14 folgerte daraus meine Periode!
Mit 15 erlebte ich die Liebe,
jedoch mit 16 kamen die seelischen Hiebe!
Mit 17 hatte ich viele Träume,
doch mit 18 waren sie nichts als Schäume!
Mit 19 erblühte ich zur Schönheit
und mit 20 sah ich den Mann in seiner Gesamtheit!
Mit 21 lag vor mir ein herrliches Leben
und mit 22 wollt ich nur nach oben streben!
Mit 23 schien nur für mich die Sonne
und mit 24 war ich voller Lust und Wonne!
Mit 25 erkannte ich die böse Welt
und mit 26 stand ich plötzlich da ohne Geld!
Mit 27 lernte ich meinen Schatz kennen beim H T B
und mit 28 las ich aus dem großen Liebes – A B C -- !
Mit 29 bildete ich mich dann weiter
und ab 30 bleibe ich nur noch heiter.

Werde mir doch nicht noch die Zukunft verriegeln
und mich garstig über meinem Antlitz spiegeln!
So sprach das weibliche Wesen
und erhoffte von der Natur seinen Segen!

Advent

Wenn der Tag beginnt zu dunkeln
und es leuchten tausend Kerzen;
wenn am Himmel die Sterne funkeln
und der Jubel dringt in unsere Herzen;
dann ist er da, den ein Jeder kennt,
der Advent!

Schallen aus den alten Gassen
so zauberhaft wunderschöne Lieder
und klingeln die Münzen in den Kassen
wie all die Jahre wieder;
dann ist er da, den ein Jeder kennt,
der Advent!

Sitzt die Familie dann still um den Kranz,
so demütig und erhaben
und füllen sich die Augen mit wässrigem Glanz
bei den Mädchen und den Knaben;
dann ist er da, den ein Jeder kennt,
der Advent!

Hören sie gemeinsam die Geschichte
von der ewigen heil'gen Nacht
und rezitieren christliche Gedichte
von seiner Herrlichkeit und Macht;
dann ist er da, den ein Jeder kennt,
der Advent!

Dank an den Weihnachtsmann!

Sei bedankt von einem etwas älteren Mann!
Ja, danke Dir, lieber guter Weihnachtsmann!

Denn ich bin' s, der sich riesig freut,
wenn ein Jeder seine Sünden tief bereut!

Der bin ich aber auch, der in Freuden zusieht,
wenn man lachend aufeinander zugeht!

Und der frohlockt, wie Alle sich in Frieden
so herzhaft und mit Anstand lieben!

Mich befällt ein Schmunzeln, wenn ich erkenne,
wie sie reagieren, als ich Deinen Namen nenne!

Ehrfürchtig drehen sie sich dann um,
erstarrt zu einer Salzsäule und ganz stumm!

Ja, den Respekt, den sie Dir zollen,
den müßten alle Menschen untereinander wollen!

Doch warum geschieht es nur in Deiner Zeit?
Sind wir in anderen Stunden nicht dazu bereit?

Dank Dir also, lieber guter Weihnachtsmann,
wenn mein Hoffen in Erfüllung geht -- irgendwann!

Die Macht der Schatten

Heh, Du da, wer bist Du?	Der Tod!
Was willst Du?	Dich holen!
Warum jetzt?	Du hast genug gelebt!
Wie glaubst Du wohl?	Ich weiß, mehr schlecht als recht!
Trotzdem hast Du kein Erbarmen?	Bei Deinem Sündenregister nein!
Obwohl ich geliebt habe?	Den Pfuhl ja!
Ist das Leben dies nicht wert?	Dafür hast Du mich betrogen!
Wie das denn?	Warst nur der Leibesfrucht hörig!
Bin doch als Weib dafür geboren!	Jedoch in Maßen Dich hinzugeben!
Du scheinst mein Feind zu sein?	Freundlich trete ich Dir gegenüber!
Und wohin führst Du mich dann?	Dorthin, wo sich Alle treffen!
Auch ins Glück?	Mehr noch, ins Reich der Schatten!
Was finde ich dort?	Deine seelische Befreiung!
Auch meinen Liebsten?	Sicher – und vieles Andere noch!
Über ihn hinweg?	Ja – bis in Deine Erinnerungen!
Die mich stets begleiteten?	Und beglückten und erdrückten!
Die Bürde meines Lebens?	Siehst Du, Du verstehst mich!
Nimmst Du sie mir dann ab?	Ja, wegen des Atem freien Laufs!
Wirst Du recht behalten?	Vertrau mir – wie Ionen es vor Dir!
Gut, dann folge ich Dir ...	... zu Deinem einzig ewigen Glück!

Allein

Bin ich doch so allein in dieser Nacht
und habe noch kein Auge zugemacht.
Denke dabei an Dich mit süchtigem Sehnen
und möchte mich so gern an Deine Schulter lehnen.

Mich dann verlieren in dem seichten Schaum
und dafür meine Augen schließen für einen Traum.
Ich sehe Dich dann ohne Hüllen vor mir
und werde fast verrückt nach Dir.

Ein verdammter Teufel hat mich nun gepackt
und nimmt mich in wilder Ekstase in Beschlag.
Oh je, wie weit bin ich doch nur entrückt,
hat mich doch Dein Bild so sehr verzückt.

Im Nachhinein frage ich mich allerdings,
ob Du mir jemals solche Liebe bringst?
Denn wirst Du mich weiterhin so meiden,
kann ich es Dir nie flüstern, wie Liebende leiden.

Lege ich nun meine Beine weit von mir gestreckt,
stelle ich fest, daß Du meine Lebensgeister hast erweckt.
Die Gedanken kreisen nur um Dich:
‚Meine Güte, was liebe ich Dich!‘

Darum möchte ich Dich allen Ernstes fragen:
„Selbst wenn ich Dich auf Händen würde tragen,
könntest Du uns verhelfen zum Glücklichsein
oder bliebe ich auch in Zukunft ganz allein?"

Am Brocken war's

Mutter und Tochter im Harz ihren Urlaub verbrachten
und sie bei herrlichem Wetter einen Ausflug machten.
In die waldige Landschaft eilten sie hinaus
und wanderten zum höchsten Berg hinauf.

Obwohl er vor ihnen im schönsten Weiß lag;
ihn aber doch dickes trügerisches Eis umgab.
Sein imposanter Name war Brocken
und er schien die Beiden anzulocken.

Fröhlich stiegen sie der Sonne entgegen
und waren von betörender Stille umgeben.
Der Blick in die Landschaft verzauberte sie;
doch dann geschah hier folgende Historie:

Spät nachmittags gingen sie erst bergab
und waren baldigst darauf ziemlich schlapp.
Sie sahen in der Ferne noch ihren Ort,
aber plötzlich war die liebe Sonne fort.

Hinterm schwarzen Berg verkroch sie sich
und schon sahen sie die eigenen Füße nicht.
Im tiefen Schnee sich ein Wegweiser versteckte,
doch keine erkannte, wohin der die Arme reckte.

Ein Trampelpfad führte sie über's offene Feld,
als sie ein Licht leuchten sahen in einem Zelt.
Aus Angst, drinnen könnten böse Buben sein,
kehrten sie aber lieber nicht bei denen ein.

Vorwärts trieb sie die Idee;
bloß schnell heraus aus dem tiefen Schnee.
Sie stolperten weiter durch den dichten Wald
und dazu war es doch so bitterkalt.

Lächelte vorhin der volle Mond noch weise,
sahen sie sich nun ganz allein auf der Reise.
Und die Gedanken schwelgten um ein Bauernfrühstück;
doch mußten sie erst einmal zu ihrem Quartier zurück.

„Mein Kind, ich muß Dir gestehen, wir haben uns leider verlaufen!"
„Ach Mami, für diese Weisheit können wir uns auch nichts kaufen!
Doch siehe dort, da müssen wir womöglich entlang!"
„Ach mein Kind, was war mir doch so garstig bang'!"

Der Abstieg dauerte nun schon stundenlang,
als schattenhafte Lifte erschienen am Hang.
Nach dem Erklimmen der Straße von Torfhaus,
erblickten sie dort nicht einmal eine Maus.

Sie schauten nicht nur in unbeleuchtete Häuser,
sondern auch noch in menschenleere Gemäuer.
Zu ihrer Rettung allerdings ein Taxi kam
und sie endlich nach Schierke mitnahm.

Unterwegs wurde es ihnen sichtlich klar,
wie wunderbar doch dieses Leben war.
Denn in welcher Gefahr sie sich befanden,
das haben sie anschließend eingestanden.

Für' s Essen war' s schon reichlich spät,
es war nämlich keiner da, der für sie brät.
Gab' s mitten in der Nacht nur ein Stück Kuchen;
doch wo sollten sie hier noch woanders suchen?

Zum Abschluß sei Euch noch gesagt:
Seid Ihr erst einmal so richtig betagt,
dann fallen Euch vom Herzen mehr und mehr,
solche außergewöhnlichen Eskapaden schwer.

Ein Buch erzählt

Nach vierzig Jahren voller Leiden
fand ich endlich zu den Beiden
den Weg zurück;
und das mit sehr viel Glück.

Hatte er mich damals ohne viel Mühen
an seinen Freund nur ausgeliehen,
hat Jener ihn aber nicht bestohlen,
sondern mich im grauen Alltag verloren.

Gab er mich damals ihr zum Geschenke,
sprach er dabei zu ihr:" Bedenke,
lieben werde ich nur die Freiheit,
in Saus' und Braus' zu jeder Zeit!"

Er erklärte ihr sogar den Sinn,
denn das Leben mit ihm sei kein Gewinn.
Standen auch seine Gedanken auf meinen Seiten,
sie würden ihr nur Furcht bereiten.

War sie oftmals in großer Trauer
und auf ihn so richtig sauer,
liebte sie ihn doch weiterhin,
bis zum heutigen Tage hin.

Nach unendlich langen Stunden
hat sie mich beim Trödler dann gefunden.
Stand ich dort auf dem Regal aus Buche,
sprach ich:" Habe Dank für Deine Suche!

Aus alter Weisheit kann ich Dir´s ja sagen,
durch das Leben zieht sich nun mal ein Faden.
Miteinander verbunden in Höhen und Tiefen,
spitzen Einschnitten und schmerzenden Riefen!"

Betrachte ich nun heute deren munteres Treiben,
will ich unbedingt bei ihnen bleiben.
Und als Mahnung möchte ich Beiden sagen:
„Möget Ihr Euch bis in die Ewigkeit vertragen!"

Der Sinn des Lesens

Mit sehr viel Bedacht
solltest Du ein Buch
auch zwischen den Zeilen
dann lesen!
Ist es doch für Dich gedacht,
drum versuch',
ob Du nicht beim Verweilen
wirst es besser dann verstehen!

Un Oma is in Eckernför

Son lütte Deern von veer, fief Johr,
will allens weten, is doch klor.
Se frogt dat Hemd di ut de X,
doch wer nich frogt, der lernt ok nix.
Un bringt ok bi Gelegenheit
ehr Ollern in Verlegenheit.
Eines Tages bimmelt se an de Dör,
as Oma wer in Eckernför:

„Opa", seggt se, „wet Du wat?
Im Kinnergarten, de Susi Latt,
de wet schon allens, is doch wohr,
denn se wird bald sechse Johr!
Se wüßt dat ganz bestimmt,
wenn man die Tablette nimmt,
wirklich wohr un ohne Lügen,
dann tut man keine Kinner kriegen!"

„Se wet dat nämlich ganz genau,
sowat wet eben jede Frau!
Du Opa, is dat wirklich wohr,
so ganz is mi dat noch nich klor?"
De Lütt mi nu so´n Tüddel frogt
un mächtig mi dabei dann plogt.
So, nu hebb ik dat Malör
un Oma is in Eckernför.

Ton Kaffeeklatsch bi Herta Kohrt.
Wat is dat öberhaupt förn Ohrt?
Dor sitt se nu to ehr Pläsier
un brukt ward se so nötig hier.
„Doch", segg ik, „dat is schon richtig,
aber dat is jetzt nich ganz so wichtig!
Da kannst Du Oma nachher fragen,
de wird Di dann schon alles sagen!"

„Du Opa," seggt se, „dat is gut,
dat es so etwas geben tut,"
un mokt son richtig wichtiges Gesicht,
„denn Kinner hebben will ik nich!
Wat soll ik mit son lüttes Gör?"
Un domit wer se ut de Dör.
Dat durt nich lang, is ja klor,
dor wer de Lütt al wedder dor.

„Du Opa," seggt se, "segg mi nun,
wat soll ik aber bloss tun?
Kannst Du nich nach Tabletten gucken,
ik glöv, ik muss schon welche schlucken?
De Platz is schon da, hier guck",
un weist up ihren lütten Buk!
Ne denk ik noch, wat´n Gör,
un Oma is in Eckernför.

„Da brukst Du Di jetzt nich um quälen,
dat wird de Oma schon erzählen!
Se seggt Di dat ganz genau,
Du wet doch, so von Frau to Frau!
Nu geh man noch ein bisschen `raus,
bis Oma endlich kommt nach Haus!"
Dat durt nich lang, dat is ja klor,
dor wer de Lütt al wedder dor.

„Du Opa", seggt se, „de Tabletten,
wenn wir solche jetzt hier hätten,
dann könnt ik doch mal daran lecken
un ausprobieren, wie se schmecken!
Doch eines kann ik Di schon sagen
un da bruk ik Oma ok nich to fragen:
Wenn de Tabletten eklich sind,
dann will ik doch lieber `n Kind!"

51

Hey Lucas!

Ein Jahr alt bist Du nun geworden
und blickst mit großen Augen in eine Welt,
die Dich hoffentlich für das kommende Morgen,
reich beschenkt mit dem nötigen Geld!
Niemals sollen Dich umhüllen bittere Sorgen,
sondern eine Sonne, die in den Schoß Dir fällt!

Bleibe fröhlich in Deiner Art;
trotzdem wachsam beim Denken,
ein wenig elegant und smart,
nie zaudernd und kein verrenken!
Hat Dein Lächeln uns oft vernarrt,
konntest Du damit so viel Freude uns schenken!

Die große Schar der holden Weiblichkeit,
die Dich ja jetzt schon umgarnt,
sucht nun mal Deine Geselligkeit!
Aber sei von einem Alten gewarnt:
Auch Motten erscheinen hübsch in ihrer Zartheit,
wenn man sie im Lichterglanz enttarnt.

Heute sehen wir Dich noch als Kind
und wollen nicht daran glauben,
wie die Zeit im Nu verschwind´!
Du aber sollst in eine gute Zukunft schauen,
dann trotzt Du auch dem stärksten Wind
und kannst bedächtig auf Steine bauen!

Noch kannst Du nicht Dein Ziel erwählen,
in Deiner kindlichen Ohnmacht!
Doch bald wird man von Dir erzählen
und Dich bewundern mit Deiner geistigen Pracht!
Erwähnte ich schon alle Deine Qualitäten?
Glaube nicht – und das ist es, was mir Freude macht!

Alles erdenklich Gute für Dich,
mein kleiner Urgroßenkel!

- bin ich von oben bis unten nackt und außerdem ohne Leben - .
Gott sei Dank! Hier kann er mir jedenfalls nichts mehr nehmen

öffnet mir bestimmt da noch der Finanzmann.
Klopfe ich trotzdem an der Himmelstüre an,

doch gerne in den Himmel zu kommen.
Hatte ich es mir im Leben redlich vorgenommen

so stornierte ich beizeiten meine Kirchensteuer.
Seit dem Euro war mir nämlich vieles zu teuer,

würde ich wohl nur verarmt noch sterben.
Sollte ich allerdings noch sehr alt werden,

und sogar noch bis **67** zu toppen.
Glaubt doch jeder Politiker mich zu foppen

komme ich nicht automatisch auf die Rentnerbank.
Werde ich nach mühevollem Leben krank,

wird der bald wegrationalisiert - und das ratz fatz.
Gönnt man mir endlich einen Arbeitsplatz,

wird man allein schon vom Lernen krank.
Schickt man Jedermann auf die Schulbank,

wozu man uns zwingt.
Es ist schon ein tolles Ding,

Verkehrte Welt

♫♫♫

Eine ehrliche Frage

Schaue ich durch das Fenster,
hinaus zu den Bergen,
fallen mir die alten Geschichten ein.
Träume von einem besinnlichen Gestern,
mit Bambi und den sieben Zwergen
und Hoppeldipoppel, dem süßen Hasilein.

Könnte es sich wohl lohnen
diese Gestalten zu suchen
dort drüben im dichten Wald?
Zu erkunden, wo Jene würden wohnen,
in einem Häuschen oder unter Buchen?
Und schon erfährt mein Spurt keinen Halt.

Am Ablauf dieses Feldweges
erscheint vor mir das Ufer eines Weihers
und gespannt betrete ich das feuchte Refugium.
Dort setze ich mich auf dem Rand des Steges,
lausche dem Klappern eines Reihers
und scheine ganz allein im Universum.

Es schweift mein Blick übers grüne Feld
und siehe da, hinüber zu einem Mümmelmann.
Er winkt mir zu und beginnt zu fragen:
„Um alles in der Welt,
wollen wir uns treffen am lichten Tann?
Denn dort solltest Du es mir ehrlich sagen!"

„Na nun Hoppeldipoppel, was meinst Du?"
„Sage mal, muß ich eigentlich die Eier anmalen
oder vielleicht sogar noch selber legen?"
„Ach Dummerchen, es ist nur eine Mär, aber schön dazu!
Damit die Augen der Kinder erstrahlen
und so unsere Herzen dann bewegen!"

Daraufhin hoppelte das Häschen zur Biegung:
„Dank Dir, hast mich vom Übel nun befreit,
denn meine Gedanken waren schon am lodern!
Nur durch Deine beruhigende Erklärung
springe ich bestimmt wieder hoch und weit,
deshalb wünsche ich Allen frohe Ostern!"

Die nachdenkliche Reise

Reiste ich erst letztens an Europas Rand;
nämlich in das schöne welsche Tiroler Land,
erwartete mich in einer abwechslungsreichen Landschaft
ein robuster Menschenschlag mit enormer Durchschlagskraft.

Erblickte ich die sehnigen Körper der Bauersfrauen
und schaute in ihre himmelblauen Augen,
sagte ich mir:" Aus diesen markanten Gesichtszügen
werden niemals erschallen gräßliche Lügen!"

Geschmiedet durch das karstige Gebirgsleben
und geformt durch Wetter, Tier und Reben,
erschien ein Mannsbild voller Freundlichkeit
und einer unerschütterlichen Verantwortlichkeit.

Eine Region von dieser Macht
mir wirklich nur Mut noch macht.
Diese Einmütigkeit, die in ihren Reihen ruht,
sie tut mir beileibe gut.

Wohin aber gehst du deutsches Land?
Denn ich hab' dich hier noch nicht so erkannt!
Schau ich aber weiter dort hin,
bin ich sicher, nur so gibt' s ein Gewinn.

Wo aber ein Herz pocht von dieser Stärke,
bin ich bereit zu sagen:" Merke,
verloren sind nicht all die Mühen,
schaue ich zu denen in den Süden!"

Ach, ihr lieben Frauen!

Wißt ihr noch, wie schrecklich es uns traf,
als man uns euretwegen hinauswarf?
Man nannte es das Paradies,
bis man uns eben dort nicht mehr ließ!

Selbst Heinrich der Achte,
meine Güte, was der schon über euch wachte!
Und trotzdem konntet ihr ihm entweichen --
beim Liebesspiel mit seinesgleichen!

Hatte der Sonnenkönig eure Intrigen doch so satt,
ihr aber setztet ihn immer wieder matt!
Sogar die armen Musketiere, wie königlich sie auch waren,
die Lady de Wynter hat sie oft genug geschlagen!

Auch der olle Goethe litt mit seinem Werther
und das noch viele Jahre später!
Immerhin kannte sein Geist ja auch nur ein Ziel,
wenn er euch so manches Mal verfiel!

Schau ich aber weit und breit um mich,
dann erblicke ich doch nur dich!
Stelle erleichtert und beglückt fest:
„Girl, you are my best!"

Ein guter Jahrgang

N e u n z e h n h u n d e r t s e c h s u n d v i e r z i g !
Ein langes Wort, aber klingt auch irgendwie wichtig!
Jawohl, denn dazu kommt noch ein runder dreißigster Tag,
ich bitt' euch, wer den wohl nicht mag!

Ist <u>Sie</u> nun mal als Maikatze geboren,
schaut <u>Sie</u> bestimmt nicht verstohlen
dem bunten Treiben entgegen,
sondern stürzt sich weiterhin ins blühende Leben!

Bleibt das Alter einer Frau zwar ein Geheimnis,
ist <u>Sie</u> stolz auf ihre Sechzig im Geburtsverzeichnis!
Fällt euch vielleicht etwas negatives an ihr auf?
Seht ihr, <u>Sie</u> ist auch sonst noch gut drauf!

Wißt Ihr, <u>Sie</u> ist nämlich fit wie ein Turnschuh
und gibt das auch gerne unumwunden zu!
Hat <u>Sie</u> doch eine Kondition wie die Fußballer
ihrer überaus geliebten „Sechsundneunziger"!

Fühlte <u>Sie</u> sich von jeher als Hannoveraner -- Vollblut,
blieb <u>Sie</u> doch stets Lindener mit Feuer und voller Glut!
Wohnt <u>Sie</u> jetzt zwar einige Meter davon in der Ferne,
leuchten ihr aber auch dort die goldenen Sterne!

Freunde, laßt uns nun in dieser „Ahlemer Höhe",
<u>Sie</u> mit einem Prosit erheben zu voller Größe!
Dann ist nicht nur ihr Geburtstag ein Gewinn,
sondern für A l l e ein schönes Erlebnis mit unserer Evelyn!

Der Geburtstagsgruß

Jahre sind wir nun schon zusammen gegangen

und immer wieder sind wir gefangen,

von Deiner erfrischenden Natürlichkeit

und Deiner unermüdlichen Großzügigkeit!

Deswegen sagen wir auch Heute unumwunden,

froh sind wir, daß wir uns jemals haben gefunden!

Lauernde Gefahren

Wenn ich rückwirkend meine Kindheit betrachte,
dann sag ich Heute sachte, sachte.
Denn war mir damals stets angst und bang',
glaubte ich, das dauert wohl ein Leben lang.

Irgendwo huschte immer ein Schatten,
selbst dort, wo wir kein Licht hatten.
Auf dem Boden oder im hinteren Keller;
überall erkannte ich nur Verbrecher.

Meine Freunde aber lachten,
wenn sie mir so manchen Ulk noch machten.
Ich kämpfte dann einsam und verlassen,
am hellichten Tage auf verkehrsreichen Straßen.

War das schwarze Auto ein Höllenwahn
und der Drachen die Straßenbahn,
gingen die Menschen der halben Welt,
garantiert unter vor dem Himmelszelt.

Wollte ich aber nicht aus ihm entgleisen,
mußte ich mich schließlich selbst vor mir beweisen.
Habe ich es dann endlich doch geschafft,
lag es eben am Willen mit dessen Kraft.

Jetzt in abgeklärten seriösen Tagen,
kann ich es ja Allen im Vertrauen sagen:
„Geprägt durch die Erfahrung tosender Stürme,
besiege ich nun jegliche Angst mit Würde!"

Ballade zur Silbernen Hochzeit

Vor unheimlichen tristen Tagen .....

..... und das ist wahr,
als folgendes nun mal geschah:

Aus dem im tiefen Süden gelegenen Neandertal
erhob sich ein schmalbrüstiger Bursche nach kärglichem Mahl
und machte sich auf die Pirsch ins schöne Luhetal.

Er spähte hier und schaute dort;
doch wo er auch auftauchte
und diese runden Stäbchen rauchte,
liefen ihm die süßen Häschen fort.

Bei diesem sinnlosen Umherirren
verschlug es ihn nach unnützen Wirren
zu einem Volk, welches auf hoher Kulturstufe stand;
in dem mythenhaften Germanenland,
gelegen am nördlichen Heiderand.

Gesinnt waren sie ihm freundlich;
schoren ihm die zotteligen Haare ganz züchtig,
bekleideten ihn mit einem pelzigen Gewand
und filzigen Pantoletten von hohem Stand.
Man zeigte ihm nun mal die Vorzüge vom Menschentum
und nahm ihm daraufhin den Faustkeil postum.

Zum ersten Mal saß er an einem Tisch
und man reichte ihm zum trockenen Fisch,
zackige Stäbe aus Eisen und Hölzer mit Kuhlen,
womit er schließlich seine Brühe konnte schlurfen.
Ein langes Leben wünschten sie ihm trotz der Qualmerei,
schenkten den Met ihm reichlich ein
und versprachen immer gut Freund zu sein.

Durch das edle Gebräu aus wuchtigen Krügen
und der Vertilgung von cremigen Süßen,
verschwammen seine Sinne in eine nebulöse Gedankenwelt.
Doch plötzlich mochte er nicht wetten für all sein Geld,
kam doch von vorn ein helles Licht auf ihn zu.
Oder war es der heilige Geist partout?
Jedenfalls schwirrte es um ihn herum beschwingt und leise,
dazu in einer ihm völlig geheimnisvollen Weise.

„Kommst Du von einem anderen Stern?"
„Ach Du Dummer, bin ich Dir denn so weit fern?"
„Aber ja, wie das grelle Licht erscheinst Du mir,
aber dafür danke ich Dir!"
„Hast Du denn noch nie solch ein Wesen wie mich gesehen?"
„Nein, noch nie! Bin doch bisher nur im finsteren Wald gewesen;
bei Bär, Wildschwein und Narzissen!"
„Herrje aber auch, dann kannst Du's ja nicht wissen
wie Blondinen küssen!"

„Nein, nein, um Himmels Willen, nein,
welch ein Unding wird das wieder sein?"
„Schau her, es kostet nichts mein Freund
und schmecken tut es ebenso seut!"
Den Jüngling riß es von den Pantinen,
hinunter auf die rauhen Fliesen:
„Sag, hast Du mit dem Teufel etwa einen Pakt
oder steckst Du gar mit der Moorhex' im Sack?
Oh meine Güte, hoffentlich bin ich Dir nicht schon verfallen!"
„Doch, mein Lieber, Du wirst Dich noch viel mehr in mich verknallen!"

Und so war es auch -- er wußte einfach nicht wie ihm geschah,
woher nur diese Fahrigkeit bei ihm kam.
Keinen klaren Gedanken konnte er fassen:
‚Mensch, wo habe ich bloß mein Feuer gelassen?'
Immer wieder sah er das Bild ihrer blauen Augen,
die in ihrer Klarheit nur zur Wahrheit würden taugen.
Wie ein begossener Pudel schlich er um ihre Hütte
und entführte sie schließlich aus der Sippenmitte.
Verschwand mit ihr zum großen Meer,
ohne Rücksicht auf der Eltern Kummer
und seiner Ahnungslosigkeit gegenüber rabiater Räuber.

Mußte sie durch seine Missetat dafür leiden;
sie blieb bei ihm und fortan nannte man sie nur noch -- die Beiden.
Erst legte er ihr eine strohige Matte aus,
doch später baute er für sie ein festes Haus.
Nicht allein für sich ging er mehr auf die Jagd,
sondern besorgte jetzt auch die Früchte der Natur für seine Magd.
Trotzte er dem Wetter auch in nächtiger Schicht,
wunderte man sich jedoch nicht,
daß nach sexuellen Einsätzen in langen Jahren,
aus den Beiden bald Viere waren.
Mußte er jetzt nicht nur die Zimmer umbauen,
um seinen neuen Reichtum zu verstauen,
kamen seine Nachbarn nicht mehr aus dem Staunen.

Denn es tat sich was auf seinem Grund und Boden;
die Hecke wurde geschnitten und Busch wie Baum mußte er roden.
Den kleinen Garten hat er gepflegt
und den satten Rasen so liebevoll umhegt.
Im borstigen Dorfe erzielte er so manch wichtigen Knaller,
als überragender Volleyballer.
Nicht nur als Trainer seiner Mannschaft war er anerkannt,
sondern auch im menschlichen Bereich stets weltgewandt.
Nach langen Jahren schwerer Arbeitslast,
lehnt er sich nun zurück zur wohlverdienten Rast.
Betritt er nämlich heute die Veranda bei untergehender Sonne,
verspürt er in sich diese geruhsame selige Wonne.

„Ich bin nun angekommen,

wobei ich durch <u>meine</u> Maid das große Los hab´ gewonnen!

Mein Schatz, ich danke Dir,

gabst die Kraft zum Leben mir!

Keiner kann es irgendwie ermessen,

wie ich je von Dir besessen!

Hast mir Mut gemacht

und die Liebe uns gebracht!

Stets warst Du dabei,

zu töten mein trostloses Einerlei!"

Ebenfalls in mystischer Vorzeit .....

..... eine holde Maid
auf dem Söller stand bereit.

Sie kämmte ihr golden Haar,
lang und länger und dabei so wunderbar,
daß sie sogar verzauberte die große Vogelschar.

Sei es vor dem Gesetz auch verrucht,
hat sie es doch klammheimlich versucht,
dem Burgherrn ein Schnippchen zu schlagen
und einen Knappen ganz intim zu fragen:

„Spielst Du bei mir den Götterboten
und löst mir flugs den blöden Knoten?"
Doch von dessen dusseligem Gezappel,
bekam sie höchstens einen Rappel;
und schon folgte der nächste Trouble.

Es ächzten nämlich bald die morschen Balken
und verscheuchten sogar die gurrenden Falken.
Ein wüstes Poltern erklang aus dem tiefen Walde,
welches ein schmächtig Kerlchen dort veranstaltete.
Sie rief ihn an:" Was störst Du meine Schönheit
mit Deiner ungezähmten Wildheit?"

„Gnädiges Fräulein, ich bitt´ Euch, verzeiht;
bin ich doch für Euch allzeit bereit!"
„Tumber Bursch´, erst legst Du Deine Keule beiseite,
steigst zu mir hinauf an jener Leine
und befreist mich aus diesem Verlies!"
„Welch Frohsinn mich nun packt, daß ich gerade auf Euch stieß;
so fühl´ ich mich durch Eure Worte auch nicht mehr ganz so mies!"

Sie war begeistert von seiner Wendigkeit
und der kraftvollen Schnelligkeit.
Bürstete sie ab jetzt nicht nur allein die Frisur,
war er ihr dabei so hilfreich in seiner robusten Natur.
Unglaublich intensiv und galant,
daß sie nur noch Liebe und Zufriedenheit bei ihm fand.
So resultierte durch beiderseitiges Suchen
eine folgenreiche Umgestaltung vom Mutterkuchen.

Nacheinander strampelten nämlich zwei Mädchen drin';
niedlich anzusehen und mit fröhlichem Sinn.
Das Glück kannte kein Halten mehr;
doch bald erwischte sie der Alltag immer öfter.
Die sonst in jungen Jahren der Träumerei war verfallen,
ließ schon bald die Korken knallen.
Nicht um der beschwipsten Laune wegen,
sondern zur Bewältigung des gewöhnlichen Lebens
und der Standhaftigkeit bei stürmischen Regen.

Aber wenn ihr glaubt, das sollte alles sein,
dann schwöre ich Stein auf Bein;
diese Mitvierzigerin hat Power
und liegt für jedes neue Kapitel auf der Lauer.
Automatisch schlägt das wieder zu;
doch sie verarbeitet dies' im Nu.
Denn zwei prioritäre Sachen
werden ihr weiterhin noch Freude machen;
die lieben Enkelkinder sowieso
und ihr niedliches kleines Auto.

Hunde und Enkelkinder bevölkerten das Domizil
und es wurde ihr auch nicht zu viel;
mit Freundlichkeit und ohne Zank,
einen „monetenhaften" Job zu meistern in der Bank.
Man schickte sie mal hier hin und mal dort,
doch sie betrachtete das mehr als Sport.
Düste mit ihrem Renault über die Autobahn mit hundertdreißig,
war sie auch noch im Seminar unglaublich fleißig.
Erst letztens im Holsteiner Land,
bezahlte ihr für eine Woche der Vorstand,
einen Aufenthalt im besten Hotel vom Weißenhäuser Strand.

„Liebster, mit Deinem herzhaften Lachen

konntest Du stets Freude mir machen!

Deine Jugend, die so strahlend aufging,

herzergreifend ich sie von Dir auffing!

Sage deshalb hier und immerda:

Nicht nur Jahr um Jahr,

sogar Tag für Tag,

liebtest Du mich, so wie ich es mag!"

„Wir bedanken uns für das Glück

und schauen in Liebe die fünfundzwanzig Jahre zurück!"

Neid

Mein Freund, ich wünsch Dir zu jeder Zeit
das Allerbeste, viel Glück und ewige Gesundheit!
Selbst auf die Gefahr hin,
Du hättest dadurch einen größeren Gewinn!
Bedenke aber, ich gönne es Dir,
wenn es Dir viel besser geht als mir!

Ohne irgendwelche Diskrepanzen zu haben,
gönne ich Dir einen geruhsamen Lebensabend!
Es ist mir dabei vollkommen egal,
ob Du satt wirst oder fällst in einen tiefen Schlaf!
Glaube mir, mich stört auch nicht Deine gute Pension,
die Du mit Deiner rassigen Geliebten „verbrätst" mit Präzision!

War Deine Frau schon equisit,
ist diese neue „Anschaffung" ein Explicit!
Werde Dich deshalb auch des öfteren besuchen
und natürlich dabei versuchen,
dieses Klasseweib zu verführen!
Denn erst durch mich wird sie Qualität verspüren!

Brauchst nicht gleich anfangen zu weinen,
sollte ich Dir gegenüber als Unhold erscheinen!
Nimm es ganz einfach locker,
denn Männer verweilen nicht auf dem Hocker,
wenn sie nachts auf Schritte lauschen
und „steile Zähne" an ihnen vorüber rauschen!

Sei also still und klage nicht,
denn eines Tages stehe <u>ich</u> vor Dir als armer Wicht!
Denn weiß ich doch zum Schluß,
daß ich für mich und meine Frau und für S I E sorgen muß!
Jedoch Du kannst dann ganz allein
Dein Girokonto plündern – und das find´ <u>ich</u> garantiert gemein!

Das arme Aas

Der Vogel fraß
das Aas.
Und ich?
Ich hatte nichts!

Er sah mich an; mit vollem Bauch:
‚Kannst du das auch?'
„Bestimmt nicht!"
‚Bist aber ein armer Wicht!'

‚Es ist doch nur ein Wurm!'
„Für mich aber ein haushoher Turm!"
‚Versteh´ ich nicht!'
„Bist ja auch nur ein blöder Sittich!"

Der Garten

Verlockend war´s,
das schöne Wetter,
als mich der Spaß
über den Zaun ließ klettern.

Ich konnte einfach nicht länger warten
und mußte genau dort hin –
in diesen herrlich blühenden Garten;
zu meiner Seele wohligem Sinn.

Ach, ist das eine Ruhe hier,
kein Gezeter und Palaver.
Nur die Gedanken gerichtet zu Dir –
in wahrer Sehnsucht als Verehrer.

Welches Erquicken ich gerade erlebe,
bedenke, an einem fremden Ort,
ist unbeschreiblich homogene –
doch leider muß ich baldigst fort.

In der Klinik

Ich lauschte in die Nacht
und fahl das Mondlicht in dem Walde schien.
Stille war die größte Macht,
die mir so gut gefiel.

Der Schmerz im Bein,
er wurd´ mir fremd,
und war nur noch ein Zipperlein;
trotz Bypaß und der Op mit Stent.

Auf einem Mal ertönt ein Laut;
ganz schrill herüber vom Kanal.
Und plötzlich und doch so vertraut,
erscheint der Stich im Schenkel wie ein Fanal.

Durch fachliche Hilfe und liebevoller Pflege
bin ich bald darauf genesen.
Und so sage ich es auf diesem Wege:
„Hier bin ich gern gewesen!"

Nachts beginnt die Eiszeit

Sie ist der Star auf dem Eis
und weiß:
‚Dieser Beifall
ist kein Zufall!'

Steht sie doch schon früh auf,
trainiert die Gymnastik und den Lauf;
bevor sie den Weg zur Halle wählt
und sich dort auf´s Neue quält.

Denn die täglichen Sprünge
schlagen hart auf die Gelenke;
und haben dabei ihre Knochen
schon so oft gebrochen.

Nach der Vorstellung im ausverkauften Haus
und dem frenetischen Applaus,
liegt sie nun in ihrem Bette ganz allein
und niemand wird bei ihr sein!

Die Berühmtheit

Oh Mann, bin ich schön!
Zwar blond, aber nicht blöd!

Mußte ich doch Stunden dafür verwenden,
um mal wieder vor Anderen zu blenden!

Hier `ne Creme und dort `ne Paste
und ruckzuck haste,
mit ein wenig Rouge und Puder,
das Image eines Luders!

Jetzt gehe ich `raus
und werde in Saus und Braus,
mich ihnen anbieten
und sie bedienen!

Mein Esprit über sie versprühen
und sie mit meinen Histörchen belügen!

Als das, wofür sie mich wollen –
einen aufreizenden Playboy, ausgerechnet mich, den Ollen!

Die Alten

War ich noch ein Kind,
da hab´ ich sie gehaßt,
weil sie im Sausewind
ihr Leben haben verpraßt.

In jeder meiner freien Stund´
bereiteten sie mir Schwierigkeiten.
Reizten mich bis auf´s wallende Blut
und konnten mir jede Freude verleiten.

Alles wußten sie besser,
obwohl ich im Recht;
wetzten sie allein die Messer
und war ihnen ausgeliefert als Knecht.

Wenig Achtung hatte ich deshalb vor ihnen,
denn sie schienen mir so überflüssig.
Mußte ich ihnen oft genug dienen,
waren sie mir erst recht überdrüssig.

Doch Jahrzehnte später erkannte ich,
zu welcher Leistung sie bereit waren
und wie sie mein Leben nur für mich
lenkten in geordnete Bahnen.

Mit ihrem Wissen und der Erfahrung,
führten sie meinen Weg,
bis zur eigenen Besinnung,
selbst bei wildem Wasser über den schmalen Steg.

Umgibt sie eine mysteriöse Weisheit
seit langem bereits wie ein Kult,
sehe ich in meiner heutigen Klarheit
alles mit einer stoischen Geduld.

Als ich noch ein Junge war

Als ich noch ein Junge war
und ich bei meiner Mutter aß;
fühlte ich mich so geborgen
und hatte absolut keine Sorgen.

Als ich noch ein junger Mann war
und mich meine liebe Frau sah;
war ich einfach nur glücklich
und ihr in jeder Hinsicht verbindlich.

Als ich noch ein Alter war
und mein Geist dem Himmel nah;
kam ich mir so unglaublich wichtig vor
und nicht ein bißchen wie ein Tor.

Als ich wie ein Toter „oben" ankam,
war ich traurig und einsam;
man hatte mich doch total vergessen,
denn kein Hügel hat je ein Denkmal von mir besessen.

Herbst

Wie oft habe ich dich schon erlebt;
in langen Jahren
dich aber nie erstrebt;
weil Jene selten förderlich waren.

Hast mich oft genug an´s Alter erinnert;
das Aussehen lückenlos bloß gestellt,
meine Chancen bei den Damen verringert
und so mein Image weit verfehlt.

Sind dieses Attribute bei einer Schönheitskur
für irgendwelche Schönlinge,
sehne ich mich nun an den Busen der Natur
und favorisiere Busch und Baum als meine Lieblinge.

Denn ihre bunten Farben zu dieser Zeit,
erwecken die Gefühle
und machen mich bereit --
auf glutvolle Lust und innigem Gespüre.

Umzug

Ist es schon so weit?
Meine Güte, wie vergeht doch die Zeit!
Warst Du Dir doch gar nicht so sicher,
ob Du es wagst oder verhältst Dich wie ein Fischer!
Weiterhin im trüben suchen
und über jeden Strudel fluchen,
der Dir jeden freien Gedanken nimmt
und Dich wieder umstimmt!
Der Dir immer Zweifel aufkommen ließ;
des Geldes wegen oder Dich in Gnaden verstieß!

Nun hast Du Dich doch durchgerungen
und bist in die Tiefe gesprungen!
Hast Dich zusammen gerissen,
im Kämmerlein mental zerschlissen,
weit in Deine Seele geschaut
und so manchen Kompromiss geklaut!
Kämpfe mußtest Du mit Dir bestehen,
denn selten konntest Du verstehen,
was die Anderen Dir rieten
und auf Deine Fahne schrieben!

In aller Güte glaube es mir,
wenn Sie einzieht bei Dir,
ist es für Dich nur ein Gewinn
und gibt der Logik den besten Sinn!
Ist doch in einer nahen Beziehung gleich der Partner zugegen
und sowieso der unermüdlichen Liebe wegen!
Sie wird Dir schon die Suppe schmackhaft machen
und Du wirst über Deine einstigen quälenden Gedanken nur lachen!
Es liegt nun mal kein verständlicher Fluch
über solch einen schicksalsträchtigen Umzug!

Erntedankfest

Ich denke gern zurück an jene vergangenen Feste;
waren sie doch von jeher das Beste.
Einmal bat man mich in einem ländlichen Haus
zu einem lukullisch saftigen Schmaus.
Anschließend huldigte ich dem süffigen Bier
und „platzierte" die Schnäpse nicht nur zur Zier.

Heute erlebe ich diesen Tag in aller Stille;
beinah intim im Kreise der Familie.
Wird er in den Kirchen noch lobenswert erwähnt
und als Dank dem großmütigen Herrgott zugezählt,
bin ich wohl zu sehr im modernen System gefangen,
denn mein Glaube für die alten Segnungen scheint verloren gegangen.

Wer denkt noch an schlimme Not
und Mißernten mit Hunger und Tod?
Selbst wenn es so weit wäre
und uns käme ein solches Schicksal in die Quere,
werden wir uns erst dann wieder erinnern an diesen Festtag
und unserer Natur huldigen mit einem Gott sei Dank?

Nationaler Feiertag

Bin ich frei und mit meinen Gedanken allein?

Und stehe ich nur auf einem Bein?

Oder kann ich mich hier auch strecken,

ohne Wunden zu lecken?

Bin ich vielleicht ein wenig übermütig

oder gar ein bißchen aufmüpfig?

Nur weil ich solche Fragen stelle

und ich mich mit ihnen bis an die Substanz begebe?

Nein sage ich, denn ich werde nicht allein

in dieser Gemeinschaft ein guter Bürger sein.

Bin ich doch so stolz auf Deutschland,

feiere ich freudig diesen Tag in meinem Vaterland.

Der Reformator

Ein Doktor Biblicus war er,
unser Martin Luther.
War er doch ein Streiter vor dem Herrn
und dem humanistischen Einschlag weit fern.

Wetterte er nicht nur gegen das päpstliche Primat
und lehnte sich auf im Leipziger Disputat.
Vertrat er 1517 zu Wittenberg mit den 95 Thesen,
seine Abneigung gegen die Entartung des Ablaßwesens.

Exil auf der Wartburg gewährte ihm Friedrich der Weise,
wo er nach der Reichsacht äußerst leise,
das Neue Testament erschuf
und mit jener Gestaltung seinen guten Ruf.

Seine große schöpferische Kraft
hat es geschafft,
die Bibel in der Volkssprache zu übersetzen
und ihm ewig ein Denkmal zu setzen.

Trauertage

Erscheint uns die Trauer des Volkes
für die Gefallenen vergangener Kriege angemessen,
gleicht der Totensonntag
dem eines Bollwerkes
und ist unserem Gedenken auch so zu verstehen;
mit seinen unendlichen Scharen Tag für Tag.

Legt man beim Buß -- und Bettag
das Gewicht auf die menschlichen Sünden
und begeht ihn fast für sich allein,
leistet ein Jeder, wie er es eigens vermag,
in aller Stille seine Abbitte von den Pfründen
und wirkt dabei vor s e i n e r Herrlichkeit so winzig klein.

Stellen werde ich eine Kerze ins Fenster
und allen Verblichenen gedenken.
Werde still mich fragen,
wohin sind sie verblieben; die von Gestern?
Und wie wird man mich lenken,
in meinen letzten Jahren?

Ein Blatt erzählt

Ein Blatt liegt weinend vor der Himmelstür:
Was konnte ich denn dafür,
daß ich so klein war,
als dieses mit mir geschah?
Am Baum ganz oben hing ich
und fühlte mich so mächtig.

Sah ich tagsüber in weite Fernen,
blinzelte ich nachts mit den Sternen.
Als die Sonne mir ihre Wärme erklärte,
zitterte ich im Winter in frostiger Kälte.
Leider verlor ich eines Tages im Sturmeswind
meinen Halt geschwind.

Vergebens versuchte ich mich fest zu klammern,
doch es passierte auch mit jammern.
Ganz langsam aber stetig
und dazu so unglaublich heftig,
rutschte ich von meinem Stiel,
bis ich in die Gosse fiel.

Dort lag ich einsam und allein
und geschunden auf schroffem Stein.
Wieviel Stunden ich da lag?
Keine Ahnung, da ich alles um mich vergaß.
Als die Glocke schellte aus dem Städtchen,
hörte ich ein leises Kichern von einem Mädchen.

Sie beugte sich nieder
und ich erkannte sie an der Schürze wieder,
die sie auch damals trug,
bei diesem fürchterlichen Sturm.
Ja, sie war es, denn ihr Zopf
baumelte immer noch vom Kopf.

Sie sah mich traurig an und sprach:
„Du zierlich Blättchen, ach,
komm doch bitte mit zu mir
und ich bin immer gut zu Dir!
Wirst bei mir wohnen ganz fein
und stets in einer warmen Kammer sein!"

Dann legte sie mich voll Entzücken
auf ihren linken Handrücken
und küßte voll süßer Hingabe
meine vielschichtige Blattfarbe.
Als sie mich sanft bettete in ihre Schürze,
ergab das meinem Gefühl die letzte Würze.

Sie trug mich in ihr Heim
und sprach dabei den hübschen Reim:
„Liebes Blatt,
Du setzt mich matt!
Da es nicht nur schön ist,
wie einzigartig Du bist!"

Sie bedeckte mich mit einem rosa Tuch
und verschloß mich dann in ihr Buch:
„Nun wirst Du allzeit mir gehören
und keiner wird je Deinen Frieden stören!"
Erst genoß ich diesen herrlichen Rosenduft,
doch alsbald bekam ich keine Luft.

Mein kläglich schreien -- ,
doch ich konnte mich nicht befreien.
Mein gräßlich wimmern -- ,
aber die Augen begannen zu flimmern.
Bis die Lieder im Schattenreich erklangen
und die Engel dazu sangen.

Wie di Tiet vergeiht

Oh je, Wihnachsmann,
wat schaust mi so garstig an?
Wat steihst du hier so rüm,
is dat Johr schon wedder üm?
Heff doch grood mol alns beschickt,
nu willst du schon wedder een Gedicht!

Je oller man ward, so'n Schiet,
je schneller löppt de Tiet!
Lot uns snacken, dann geiht es lichter,
min Kopp is ok keen Dichter!
Segg, büst du vom vorrigen Johr noch der Selbe
oder büst du von ihm een Kollege?

Nu sett di hen un hör mol tau,
ick vertell di wat un mok di schlau!
Wenn ick mi wat wünschen schall,
dann segg ick di allemal:
„Eenmal wedder Kind sien, dumm un lütt,
mehr wünsch ick mi nix as dütt!"

Wihnachsmann, kiek mi an,
een lütte Deern, dat bün ick man!
Veel beden, nee dat kann ick nich,
Wihnachsmann, vergeet mi nich!
Nu goo man tau un hol di wacker
- för's nächste Johr as oolen Knacker!" -

Im Dezember 1998 von Ingrid geschrieben!

85

Persönliches vom Autor

 Der Autor ist im Jahr 1942 in Hannover - Kleefeld geboren. Nach Realschule und Kaufmannshilfe folgen Stationen in Lüneburg, Scharnebeck, Winsen/Luhe, Fleestedt und Meckelfeld. Bedingt durch Beruf, Bundeswehr und Heirat mit Ingrid. Mit ihr ist er über fünfzig Jahre verheiratet und es gehören mittlerweile drei Kinder, vier Enkel und fünf Ur - Enkelkinder zu ihnen. Beide sind sie seit einigen Jahren in Rente.

Die schriftstellerische Tätigkeit begann als Hobby im Jahre 1974. Bis zum heutigen Zeitpunkt sind die Biographie „Ein Leben im Sport des Horst Hoffmann", „Kurze Geschichten Teil 1 - 8", mit jeweils zwanzig Erzählungen aus dem Alltag, „Gedichte Band I - III", jeder mit sechzig Gedichten und eine autobiographische Trilogie mit „Krisenjahre", „Unruhiges Blut" und „Erfüllung" erschienen.

Meckelfeld, im Oktober 2018   Horst Heine